AF345194

2 Avril 1913

99 P.

CHINE & JAPON

Avril 1913

CHINE & JAPON

Avril 1913

CATALOGUE DES

Bois sculptés

Divinités - Chapelles portatives

Laques du Japon

Boîtes écritoires - Inros - Laques diverses

NETZUKES EN BOIS ET EN IVOIRE

Poteries Chinoises

des Époques : Kan, Sung et Ming

Poteries et Porcelaines du Japon

Bronzes et Emaux cloisonnés

Pierres dures

Jades - Cristaux - Pierres de lard

Jolie collection de pendentifs de jade et de cristaux

IVOIRES MING - VERRES KIENTONG

Paravents

———

Dont la vente aura lieu à l'HOTEL DROUOT, Salle n° 7

Les MERCREDI 2 et JEUDI 3 AVRIL 1913

à 2 heures

———

<table>
<tr><td>COMMISSAIRE PRISEUR :</td><td>EXPERT</td></tr>
<tr><td>M° Edouard FOURNIER</td><td>M. André PORTIER</td></tr>
<tr><td>29, RUE DE MAUBEUGE</td><td>24, RUE CHAUCHAT</td></tr>
</table>

chez lesquels se distribue le présent catalogue

———

Exposition Publique à L'HOTEL DROUOT, Salle n° 7

LE MARDI 1er AVRIL 1913, de 2 h. à 6 heures

CONDITIONS DE LA VENTE

Elle sera faite expressément au comptant.

Les acquéreurs paieront 10 pour 100 en sus des enchères.

L'expert assistera à l'Exposition publique et se tiendra à la disposition de MM. les Amateurs qui auraient un renseignement à lui demander ou des ordres d'achat à lui confier.

CHINE ET JAPON

BOIS SCULPTÉS

1. — Figure en bois sculpté et polychromé, représentant un personnage, au masque de Tengu, un éventail à la main.

Haut. 0 m. 16

2. — Petite figure en bois sculpté et doré, représentant la Kwannon assise sur le lotus, l'enfant sur ses genoux.

Haut. 0 m. 16

3. — Figure en bois à patine noire, représentant Bichamon, debout piétinant un démon, une main tenant la pique, l'autre appuyée sur la hanche.

Haut. 0 m. 25

4. — Jolie figure en bois sculpté et polychromé, représentant Aïchi, assis, les mains ramenées dans le giron. Très jolie patine.

Haut. 0 m. 28

5. — Petite figure en bois à patine noire, représentant Jeniya Goheï, accroupi, les mains reposant sur les genoux.

Haut. 0 m. 20

6. — Une paire de petites chimères en bois laqué et doré joliment patiné.

Haut. 0 m. 12

7. — Figure en bois patiné noir, représentant le Sennin Gamma, accroupi.

Haut. 0 m. 13

8. — Figure en bois sculpté et polychromé, représentant Tenman-gu, accroupi.

Haut. 0 m. 25

9. — Figure en bois sculpté et polychromé, représentant une prêtresse assise.

Haut. 0 m. 36

10. — Figure en bois doré représentant Jiso debout sur un socle à double gradin : tenant dans la main gauche la boule mani : Représenté, selon l'usage, sous la figure douce et méditative d'un prêtre, il porte le manteau sacerdotal, laissant la poitrine à l'air; il porte un grand pendentif.

Haut. 0 m. 60

11. — Figure en bois sculpté à patine noire, représentant un des Shitenno, la figure menaçante, debout sur un rocher.

Haut. 0 m. 37

12. — Tête d'Amida, en bois, à jolie patine noire : visage aux traits purs et réguliers, aux yeux clos, à l'expression douce et méditative.

Haut. 0 m. 30

13. — Figure en bois à patine noire, représentant Daï-Nitchi Nioraï, assis dans un fauteuil, les mains ramenées dans le giron.

Haut. 0 m. 35

14. — Figure en bois doré représentant Amida debout sur un piédestal à trois gradins, surmonté du lotus. Le bras droit dirigé vers le sol, le bras gauche relevé, il fait des deux mains le geste d'argumentation, forme traditionnelle du Bouddha prêchant la loi.

Haut. 1 m.

15. — Figure en bois sculpté représentant Amida, assis, dans l'attitude de l'enseignement.

Haut. 0 m. 40

16. — Figure en bois anciennement doré, couvert d'une épaisse patine noire, représentant un personnage assis, les mains ramenées dans le giron.

Haut. 0 m. 50

LAQUES DU JAPON

17. — Grand socle en laque noir, incruté de nacre, décoré d'une scène à nombreux personnages dans un temple.

Diam 0 m. 45

18. — Boîte en forme de livre, à couvercle arrondi, en laque zonseï, décorée d'un paysage chinois.

Diam. 0 m. 20

19. — Boîte à écrire décorée sur fond pavé de nacre de libellules et de bambous. Très joli décor.

Diam. 0 m. 21

20. — Boîte à écrire en laque pavé de nacre et décoré de caractères chinois.

Diam. 0 m. 21

21. — Boîte en laque de forme ovale, décorée au laque d'or d'un dragon au milieu des nuages.

Diam 0 m. 25

22 — Boîte de forme rectangulaire, à plateau intérieur, en laque noir décoré en incrustations de nacre d'un prunier en fleurs et de rochers.

Diam. 0 m. 22

23. — Petit coffret en laque brun, rehaussé de laque d'or et incrusté de nacre, à décor fleuri.

Diam. 0 m. 21

24. — Boîte à écrire en laque poudre d'or, décorée en relief de laque d'un paysage maritime. A l'intérieur du couvercle, un décor fleuri, avec incrustations de nacre et de plomb.

Diam. 0 m. 21

25. — Petite boîte en laque noir, décorée au laque d'or d'un store et de rinceaux fleuris.

26. — Bouteille en laque pavé de nacre et décorée en larges incrustations du mon impérial.

Haut. 0 m. 21

NETSUKÉS EN IVOIRE

27. — Hollandais et coq.

28. — Sennin et dragon.

29. — Vieille femme des prairies d'Adatchi et jeune fille.

30. — Sennin et chrysanthème.

31. — Personnage à l'argent.

32. — Blaireau avec bouteille à saké.

33. — Sennin et branche fleurie.

34. — Chimère.

35. — Chinois avec chien et gourde.

36. — Sennin avec gourde.

37. — Pêcheur de tortues.

38. — Canards dans l'eau.

39. — Jeune Chinois jouant avec une chimère.

40. — Chimère.

CHAWAN (BOLS A THÉ EN POTERIE JAPONAISE)

41. — Trois Chawan ou bols à thé, en poterie de Michima, Séto et Kohagi.

42. — Trois bols en poterie : Raku noir, Raku rouge, Koetsu.

43. — Trois bols en poterie de Iraho, Uyeno et Shino.

44. Trois bols en poterie, de Shino, Oribe et Kiseto.

45. — Trois bols à thé, un en poterie de Iraho, les deux autres en Raku noir.

46. — Trois bols, l'un en poterie de Higo, l'autre en poterie de Karatsu, le troisième en Raku, daté de 1750.

47. — Trois bols en poterie, de Hakeme, Temmoku et Hagi.

48. — Trois bols en poterie : Akahada, Raku noir, Kenzan.

49. — Trois bols en poterie : Yatsuchiro, Raku, Hobiki.

50. — Trois bols en poteries diverses : Hagi, Gohon, Séto.

51. — Trois bols en poterie : Raku noir, Satsuma, Hagi.

52. — Trois bols en poterie : Raku rouge, Hohagi et Shigaraki.

CHAPELLES PORTATIVES

53. — Petite chapelle portative en laque noir, découvrant une figure d'Amida, travé, assis sur le lotus sacré.

Haut. 0 m. 07

54. — Petite chapelle contenant une branche bouddhique, Shaka sur le lotus, précédé de Fudo et de Jizo, tenant des attributs divers.

Haut. 0 m. 06

55. — Petite chapelle contenant un panneau sculpté en relief de Jizo assis sur un rocher, le glaive d'une main, la boule « mani » de l'autre.

Haut. 0 m. 07

56. — Petite chapelle en laque rouge contenant une figure de Benzaïten.

Haut 0 m 08

57. — Chapelle portative, la niche en forme de médaillon, contenant une effigie de Fudo, à trois paires de bras, tenant des attributs divers.

Haut. 0 m. 11

58. — Petite chapelle portative, de forme carrée, en laque noir, à décor fleuri en laque d'or : à l'intérieur, sur les volets, petites peintures de bambous et d'arbres en fleurs; sur un siège élevé, la statuette de Temmangu, finement sculptée.

Haut. 0 m. 11

59. — Petite chapelle portative en laque noir contenant une image en bois sculpté, représentant Amida, assis sur le lotus supporté par un socle à triple gradins.

Haut. 0 m. 16

60. — Chapelle portative en laque noir . à l'intérieur, la statuette de Shotoku Taichi, debout sur le lotus, les mains jointes, dans l'attitude de la prière.

Haut. 0 m. 19

61. — Petite chapelle contenant un dyptyque : sur une des faces une mort de Bouddha très finement rendue en relief de laque; sur l'autre, Shaka et deux musiciennes célestes.

Pièce très intéressante   Haut 0 m. 14

62. — Petit autel portatif, forme d'un médaillon offrant Fudo, avec deux princes, debout sur des rochers.

Haut. 0 m. 11

INROS (BOITES A MÉDECINE)

63. — Inro à une case en laque noir, rehaussé de laque d'or et incruté de nacre, représentant un vol de passereaux près d'un pont. Netsuké en bois en forme d'une coquille d'awabi.

64. — Inro à quatre cases en laque Fundame, avec incrustations de nacre et de plomb, à décor de branches de pruniers. Netsuké en bois : singe et pousse de maïs.

Inro signé : Kajikawa

65. — Inro à quatre cases en laque noir, décoré sur une face d'une jardinière portant une plante aux bans de corail et sur l'autre face, d'un store baissé et d'attributs divers. Netsuké en bois : chat et hibashi.

66. — Inro à trois cases en laque noir, décoré en incrustations de nacre et de plomb, d'un cerf couché sous un érable. Netsuké en bois : personnage et hotte fleurie.

67. — Inro à quatre cases en laque d'argent, décoré au laque d'or d'un faucon sur son perchoir ; des moineaux perchés dans un pin s'enfuient. Netsuké représentant un petit personnage accroupi, jetant de la cendre pour faire croître les plantes.

68. — Inro à quatre cases en laque Fundame, à décor de paysages montagneux. Netsuké en bois : le Sennin Gamma et son crapaud.

69. — Inro à trois cases en laque Fundame, décoré de deux bœufs au milieu des pins. Netsuké en ivoire ; crapaud sur un sceau.

70. — Inro à quatre cases en laque noir, décoré en relief de laque rouge, d'une branche fleurie et d'un papillon. Netsuké en bois, représentant un personnage fabriquant du miso.

71. — Inro à quatre cases en laque togidachi, représentant un pont au milieu des pins. Netsuké en bois, sculpté en forme de chimère.

72. — Inro à quatre cases en laque noir, incrusté de nacre, représentant un lapin dans les herbes. Netsuké en ivoire sculpté d'un tigre.

73. — Inro à trois cases en laque Fundane, représentant, groupes sur des rochers, les douze animaux, signes du Zodiaque. Netsuké en ivoire ; personnage et chien.

74. — Inro à quatre cases en laque Nachiji, décoré de Hoteï et de deux enfants. Netsuké en bois, Kappa sur un lotus.

75. — Inro à trois cases en laque noir, décoré au laque d'or des Sept Sages dans la forêt de bambous. Netsuké en bois sculpté d'un oiseau sur un melon.

76. — Inro à quatre cases en laque Jidaï, décoré d'un paysage. Netsuké laqué rouge, représentant un yojiro et son singe.

77. — Inro à quatre cases en laque noir, montrant un oni, désarçonnant un guerrier qui cherche à s'enfuir. (Rashomon.) Netsuké en bois en forme d'un bras d'oni.

78. — Inro à trois cases en laque Jidaï, à décor de mon de chrysanthèmes. Netsuké en bois, Karako.

79. — Inro à trois cases en laque noir, décoré au laque d'or d'instruments de musique de Nô. Netsuké en bois, paysan se reposant.

80. — Inro à quatre cases en laque Jidaï, offrant un décor de Sennin sous les pins. Netsuké en ivoire. Manzaï dansant.

81. — Boîte à tabac en bois naturel, sculpté en haut relief de fruits divers. Netsuké en ivoire, en forme d'une petite boîte carrée portant, gravés, les noms des stations du Tokaïdo.

82. — Boîte à tabac en spartène laquée, décorée au laque d'or et rehaussée
d'inscrustations diverses, de hérons au milieu des saules.

83. — Boîte à tabac en bois naturel sculpté et rehaussé d'incrustations, représentant Kwannon et Daïkoku. Netsuké boîte, en ivoire sculpté et ajouré de rinceaux fleuris.

84. — Grand inro à quatre cases en bois noir, sculpté de cryptomeria. Netsuké en bois noir représentant un petit personnage portant une lanterne.

85. — Inro en bois naturel, de forme quadrilatérale, finement sculpté de scènes de guerriers et de danses.

86. — Boîte à tabac (Tonkotsu) en bois naturel décoré de papillons en laque rouge. Netsuké bouton en bois naturel, décoré de poissons au laque d'or. Etui à pinceaux en forme de poignard.

87. — Deux étuis à pipe en bambou, décorés, l'un d'un tigre, l'autre d'un enfant allant pêcher.

VASES EN BRONZE

88. — Vase de forme ovoïde, le col étroit et allongé, portant au col une zone de palmettes. Très jolie patine rougeâtre.

Haut. 0 m. 30

89. — Vase en bronze, de forme balustre, décoré au col et à la panse d'une zone de grecques et d'animaux chimériques. Jolie patine rougeâtre.

Haut. 0 m. 21

90. — Vase en bronze, la panse arrondie, le col s'évasant et supportant deux anses ajourées. A l'épaulement, une zone gravée.

Haut. 0 m. 25

91. — Vase à panse basse, le col tubulaire et allongé soutenant deux anses à tête d'Amaryo.

Haut. 0 m. 23

92. — Vase en forme de bouteille, en bronze chagriné, décoré en relief d'oiseaux et de fleurs : le col est flanqué de deux anses tubulures.

Haut. 0 m. 23

93. — Vase en bronze, de forme balustre, le col quadrilatéral supportant deux anses à tête d'Amaryo. La panse et le col sont décorés sur un fond quadrillé de palmettes et de faces de tao-tieh. Jolie patine brune.

Haut. 0 m. 26

94. — Petit vase en bronze, de forme hexagonale, entièrement gravé de rinceaux fleuris et de motifs géométriques.

Haut. 0 m. 20

95. — Vase en forme de bouteille, la panse arrondie, le col étroit et très allongé.

Haut. 0 m. 32

96. — Bouteille en bronze, de forme quadrilobée, à jolie patine brune, le
col portant deux mascarons à têtes de chimères.

Chine XVIIIᵉ siècle   Haut. 0 m. 28

97. — Chandelier en bronze sentoku, à décor de rinceaux fleuris.

98. — Chandelier en bronze formé d'une échelle près de laquelle t trois
petits personnages.

99. — Autre chandelier de décor similaire.

101. — Chandelier en bronze ajouré de rinceaux fleuris et de cordages.

102. — Chandelier de forme et de décor similaires au précédent, mais supporté par un trépied.

103. — Chandelier en bronze, à décor de nuages ajourés.

104. — Chandelier en bronze, ajouré de rinceaux fleuris, le pied représenté
par trois masques d'onis accolés.

105. — Chandelier en bronze ciselé d'un dragon enroulé.

106. — Chandelier en bronze sentoku, décoré de rinceaux fleuris et d'Amaryo.

107. — Chandelier de forme similaire au précédent.

CASQUE DE GUERRE

108. — Casque en fer formé d'une seule plaque de fer cintrée et repoussée
en forme de crâne de Fukurokujiu.

XVIIIᵉ siècle

109. — Casque en fer formé de huit plaques de fer décorées au laque d'or
de Fudo au milieu des nuages. Partie frontale élevée en laque
rouge.

110. — Casque en fer formé de trente-deux lamelles de fer rivées, séparées
par de fines arêtes : sur le pourtour, les quatre clous shitenbio ;
ouverture de l'hachimanza, libre.

111. — Casque de forme conique, ayant l'aspect d'une cloche de volubilis,
formé de huit plaques rivées par des clous à base de chrysanthème. Hachimanza garni d'un motif tubulaire.

LAQUES DIVERS

112. — Boite ronde et plate en laque noir, décorée sur le couvercle, en relief
d'or, d'un plateau portant des melons.

Diam. 0 m. 10

112 b.— Boite en laque rougeâtre, en forme de canard mandarin.

Diam. 0 m. 16

113. — Boite en laque brun poudré d'or, décorée d'un rocher sortant des
flots.

Diam 0 m. 10

113 *b*.— Boîte de forme rectangulaire, à trois compartiments, le dernier doublé de métal, en laque nachiji, décoré au laque d'or de bouquets de chrysanthèmes.

Diam. 0 m. 8

114. — Boîte en laque brun, décorée au laque d'or d'une branche de prunier.

Diam. 0 m. 10

114 *b*.— Boîte ronde en laque tsuichu, sculptée en relief, sur fond quadrillé d'une branche de prunier en fleurs.

Diam. 0 m. 08

115. — Natsume en laque noir, décoré en relief d'or avec incustations de nacre et de plomb, de branches de pêchers en fleurs, au clair de lune.

Haut. 0 m. 07

115 *b*.— Boîte à parfums en laque brun, décorée en laque d'or de coquillages et d'algues marines.

116. — Boîte ronde et plate en laque brun frotté, décoré en relief de laques polychromes de Kwannon assis entre deux vases d'offrande.

Diam. 0 m. 07

117. — Boîte ronde en laque nachiji, décorée au laque d'or de bouquets de chrysanthèmes.

Diam. 0 m. 06

117 *b*.— Boîte en laque noir décoré en relief d'or de trois personnages.

Diam. 0 m. 09

118. — Petite boîte à miroir en laque noire, décorée en laque d'or et laque nachiji d'un store et d'un joli bouquet fleuri.

Diam. 0 m. 10

118 *b*.— Natsume en laque noir, décoré en laque d'or de pousses de fougères et d'armoiries de cryptomeria.

Haut. 0 m. 09

119. — Natsume en laque noir décoré en laques polychromes de chrysanthèmes et de cryptomeria.

Haut. 0. 10

119. — Petit cache-pot en laque nachiji, décoré en laques divers d'éventails à motifs variés, rehaussés de nacre.

Haut. 0 m 08

120. — Petit pot couvert en laque nachiji, décoré de motifs de pins.

Diam. 0 m. 09

120 *b*.— Boîte à parfums, de forme ovale, en laque Fundame, décorée sur le couvercle d'un oiseau volant au-dessus de la vague.

Diam. 0 m. 11

121. — Petite boîte représentant Hoteï, accroupi contre son sac aux richesses.

Laqué brun　　　　Diam. 0 m. 08

121 *b*.— Petite boîte ronde et plate en laque rouge, décorée en laques d'or et d'argent de livres.

122. — Boîte à parfums en laque noir rehaussé de laque d'or représentant une aubergine sur laquelle est posée une abeille.

Diam. 0 m. 11

122 *b*.— Petite coupe creuse avec couvercle en deux parties, mobile, sur une charnière centrale, en laque poudre d'or, décorée en laques diverses de bouquets variés.

Diam. 0 m. 07

123. — Petite boîte à parfums, en forme de canard au repos. Laque d'or et laque nachiji.

XVIIIe siecle   Diam. 0 m 09

123 *b*. — Petite boîte en laque noir décorée en relief de laques d'or et d'argent, sur le couvercle d'une gousse enfeuillagée.

Diam. 0 m. 07

124. — Boîte en forme de pêche, en laque brun, finement décorée en incrustations de nacre, de sauterelles dans les herbes; au dos, cachet de l'artiste.

Diam. 0 m. 09

124 *b*.— Petite boîte à parfums, en forme de canard mandarin.

Diam. 0 m. 07

125. — Boîte plate, rectangulaire, les bords sertis de plomb, décorée en laque d'or sur fond poudré d'une feuille et d'un pinceau; à l'intérieur, un décor de canard au-dessus des roseaux et une poésie.

Diam. 0 m. 08

125 *b*.— Boîte lenticulaire en laque noir décorée de deux grues.

Diam. 0 m. 06

126 *b*.— Boîte lenticulaire en laque Negoro, décorée en relief sur le couvercle d'Hoteï et Karako.

Diam. 0 m. 07

126. — Boîte lenticulaire en laque Negoro, décorée en relief sur le couvercle d'Hoteï et Kerako.

Diam. 0 m. 09

127. — Petite boîte en laque tsuikoku, sculptée de dragons dans les nuages; au dos, une poésie.

Diam. 0 m. 06

127. — Boîte à parfums en laque d'argent et laque nachiji, représentant une grue accroupie.

Diam. 0 m. 10

128. — Boîte à gâteaux, de forme tubulaire, décorée sur le couvercle, en laque d'or, du nom impérial. Les parois sont décorées de zones successives en laque noir, à décor de rinceaux fleuris, pavés de nacre.

Haut 0 m. 11

128 *b*.— Petite boîte en bois naturel sculpté sur le couvercle d'une chimère près d'une branche de chrysanthèmes en jolies incrustations d'ivoire et de nacre.

Diam. 0 m. 07

129. — Grand panneau mural, en hauteur, en laque brun, décoré en incrustations de nacre et de poterie, d'un joli bouquet de pavots, vers lequel se dirige un papillon. Style de Haritsu.

1 m. 45 × 0 m. 25

130. — Deux panneaux en hauteur, décorés en laque d'or et incrustations diverses, de branches fleuries et de papillons.

0 m. 70 × 0 m. 26

131. — Deux panneaux en bois laqué, décorés au laque d'or avec incrustations de nacre et de plomb de jolis bouquets d'iris.

0 m. 50 × 0 m. 35

132. — Deux panneaux en hauteur en bois naturel, avec incrustations diverses dans le style de Haritsu, décorés de pruniers, de coquillages et d'algues marines.

0 m. 70 × 0 m. 25

133/4. — Deux panneaux en bois laqué, à décor de paysages, temples au milieu des arbres.

0 m. 70 × 0 m. 60

135. — Panneau en laque sculpté de deux Sennin au bord du ruisseau.

136. — Un panneau en bois naturel, représentant une grue volant au-dessus d'un pin (incrustations diverses).

1 m. × 0 m. 27

136 *b*.— Deux panneaux en bois naturel, peints, représentant Fudo et Amida.

1 m. × 0 m. 25

137. — Deux panneaux peints, représentant Jizo et Amida.

Mêmes dimensions

137 *b*.— Panneau en hauteur, décoré sur fond de bois naturel, d'un insigne de commandement, sorte de chasse-mouches, et de coiffures diverses.

0 m. 70 × 0 m. 25

138. — Quatre panneaux peints, représentant divers personnages.

139. — Panneau en bois naturel, peint, représentant Benzaïten.
Panneau en bois sculpté d'un personnage.

139 *b*.— Panneau en bois de Shitan, décoré d'une chimère sur un rocher, éprouvant la force de son petit qu'elle force à grimper le rocher à pic.
Bouquet de pivoines.

1 m. × 0 m. 26

140. — Deux panneaux en bois sculpté, à décor d'oiseaux et de pivoines, et un panneau à décor de dragons.

NETSUKES EN BOIS

141. — Cinq pièces : Personnage avec pierre, Dame de la Cour, Sambaso, Homme lisant, Bouton cloisonné.

142. — Cinq pièces : Pieuvre, Homme à Uchiban, Personnage portant Daruma, Grotesque, Personnage.

143. — Cinq pièces : Paysan portant une cruche, Enfant tenant une chimère, Sambaso dormant, Chimère, Trois singes.

144. — Cinq pièces : Chien, Pieuvre, Singe sur un rocher, Manzaï, Enfant sur une vache.

145. — Cinq pièces : Pèlerin et coquille, Masseur, Singe et pêche, Enfants
        regardant dans un puits, Sennin debout.

146. — Cinq pièces : Jurojin, Daruma, Karako, Masseur, Ofuku.

147. — Cinq pièces : Poupée, Deux singes, Enfant jouant avec une chimère,
        Homme riant, Hollandais avec enfant.

148. — Cinq pièces : Crapaud, Homme avec coquille, Chimère, Singe avec
        gourde, Deux singes.

149. — Cinq pièces : Fukusuke, Chimère, Taï, Personnage avec Taï, Poète.

150. — Cinq pièces : Chimère, Sennin, Gamma, Enfant et chien, Homme
        sans pieds.

151. — Cinq pièces : Kaki et singe, Singe et chat, Coq sur taïko, Armoi-
        rie de chrysanthème, Personnage dansant.

152. — Cinq pièces : Daïkoku et riz, Ofuku dansant, Rat, Aveugle à tête
        mobile, Homme à masque d'oni.

153. — Cinq pièces : Tigre dans les rochers, Cerf-volant, Sennin, Homme
        avec masque, le Sennin Tobosaku.

154. — Cinq pièces : Chimère jouant avec la boule, Jeune bébé, Oni sur un
        lotus, Personnage dormant, Chinois.

155. — Cinq pièces. Homme faisant la grimace. Deux chiens, personnage
        enfant chinois avec un éventail, Enfant avec chien.

156. — Cinq pièces : Femme Ohara, Juropin et enfant chinois, Blaireau
        dansant, Hitomaru, Pieu e.

PORCELAINES DU JAPON

157. — Vase en porcelaine de Satsuma, la panse hexagonale décorée de
        bouquets fleuris variés.

                                                      Haut. 0 m. 25

158. — Bouteille en jolie porcelaine d'Imari, décorée de deux médaillons de
        grenades et de pêches.

                                                      Haut. 0 m. 20

159. — Jolie petite potiche en porcelaine blanche, à décor fleuri en émaux
        verts et rouges.

                        Kutani   Haut. 0 m. 17

160. — Deux petites bouteilles piriformes, en porcelaine de Satsuma, à décor
        fleuri, en émaux bleus, verts et ors.

                                                      Haut. 0 m. 20

161. — Vase en porcelaine crème craquelée à décor de chrysanthèmes en
        émaux polychromes.

                        Satsuma   Haut. 0 m. 30

162. — Jolie bouteille en porcelaine blanche, décorée en émaux verts et
        rouges d'un oiseau sur une branche de camélias.

                   Cachet de Kutani   Haut 0 m 36

163. — Vase piriforme en porcelaine blanche, décoré dans le style persan de
rinceaux fleuris en émaux bleus, bruns et verts.

Kutani   Haut. 0 m. 30

BRONZES DIVERS

165. — Petit brûle-parfums en bronze, représentant une caille debout, le dos
mobile formant couvercle.

Haut. 0 m. 13

167. — Brûle-parfums en bronze représentant Confucius à cheval.

Haut. 0 m. 18

168. — Chimère en bronze, formant brûle-parfums.

Haut. 0 m. 20

169. — Dragon entourant un nœud de bambou.

Haut. 0 m. 14

170. — Brûle-parfums en bronze, représentant une chimère Kilin, assise, une
patte en l'air.

Haut. 0 m. 17

171. — Groupe représentant Kwannon sur une sorte de tertre, autour duquel
s'enroule un dragon.

Haut. 0 m. 18

172. — Brûle-parfums en bronze, représentant un oiseau Hôo.

Haut. 0 m. 17

173. — Figure en bronze représentant Hitomaro, assis, un pinceau à la main.

Haut. 0 m. 14

174. — Compte-gouttes en forme de petit sceau enfeuillagé.
Compte-gouttes. Chimère accroupie.
Okimono. Enfant assis sur le dos d'une vache.

175. — Compte-gouttes en forme de tambour, ciselé de dragons dans les
nuages.
Compte-gouttes en forme de carpe.

176. — Petit compte-gouttes en bronze, en forme de théière, imitant un
fruit.
Petit presse-papiers représentant un rat accroupi.
Okimono. Carpe sur les flots.

177. — Okimono représentant une chimère accroupie, formant compte-gouttes.
Deux Okimono représentant une petite figure de Niô.

Diam. 0 m. 13

178. — Okimono. Personnage assis sur le dos d'un cerf.
Okimono représentant une chimère accroupie.
Compte-gouttes. Dragon dans les nuages.

179. — Compte-gouttes en bronze représentant une vache accroupie.
Okimono. Divinité assise sur un canard.
Compte-gouttes en forme de théière, gravé de chimères et surmonté
d'un oiseau Hôo.

180. — Okimono représentant Laotse accroupi.
Compte-gouttes représentant une chimère accroupie.
Compte-gouttes : pétale de fleurs, disposé en théière.

181. — Petit compte-gouttes en forme de chèvre.
Okimono représentant un personnage assis.
Okimono en forme de bracelet portant six grelots.

182. — Deux compte-gouttes en forme de crapaud.
Compte-gouttes représentant un personnage assis sur un cerf.

183. — Okimono représentant un enfant assis sur une vache.
Okimono. Chimère Kilin sur un rocher.
Compte-gouttes. Enfant frappant sur un taïko.

PARAVENTS

184. — Paravent à six feuilles, offrant en grisaille, un joli paysage maritime peint.

Par Soami

185. — Paravent à six feuilles sur fond or, représentant une jolie floraison d'automne, aux fleurs multiples, gracieusement disposées, se détachant, vigoureusement dessinées, sur le fond d'or patiné.

Par Shoyei

186. — Paravent à six feuilles, sur fond or, décoré de nombreux éventails, offrant divers motifs de décoration, fleurs et personnages.

187. — Paravent à six feuilles, sur fond or, représentant un couple de faisans, dans les herbes fleuries, au bord du ruisseau ; dans les arbres, voltigent de nombreux oiseaux.

Par Eisen

188. — Paravent à six feuilles, décoré sur fond or d'une jolie floraison de pivoines aux tons chauds, habilement disposées au bord du ruisseau.

Par Mitsunobu

GRÈS JAPONAIS

189. — Bouteille à panse élevée et goulot court, en poterie d'Uyeno, à couverte crème, le col en émaux bleus.

Haut. 0 m. 26

190. — Petite bouteille à goulot étroit, en poterie, à couverte crème craquelée, décorée en émaux bleus d'un paysage.

Poterie d'Awata   Haut. 0 m. 15

191. — Bouteille à panse ronde en poterie d'Awata, décorée sur un fond craquelé de paysages en émaux bleus.

Haut. 0 m. 20

192. — Vase tubulaire, de forme tourmentée, en poterie rugueuse de Shigaraki.

Haut. 0 m. 26

193. — Bouteille en forme de gourde en poterie brune à reflets rouges, probablement de Séto.

Haut. 0 m. 21

194. — Jolie bouteille, de forme cabossée, en porcelaine crème craquelée, genre Higo.

Haut. 0 m. 27

195. — Bouteille en forme de gourde, en poterie d'Awata à couverte noire, décorée en réserve du « mon » impérial.

Haut. 0 m. 17

196. — Bouteille en poterie d'Oribe, décorée en émaux bruns sur fond crème, de chimères et de carrelages.

Haut. 0 m. 20

197. — Grand pot à thé, de forme arrondie et cabossée, l'épaulement portant quatre petites anses boucles.

Poterie brune à coulées vertes de Oribe   Haut. 0 m. 29

198. — Vase à eau, couvert, en poterie rose de Shino, décoré en creux d'animaux et d'une zone de grecques.

Diam. 0 m. 16

199. — Pot de forme tubulaire, décoré de zones concentriques, à couverte crème et taches brunes. Couvercle en laque.

Poterie de Kisete   Haut. 0 m. 21

200. — Pot à eau, de forme tubulaire et cabossée, en poterie à couverte brune, de Séto.

Haut. 0 m. 16

201. — Cruche à eau, de forme arrondie, en poterie de Shumi, à couverte crème.

Diam. 0 m. 12

201 a. — Cruche à eau en poterie brune de Séto, partiellement émaillée.

Diam. 0 m. 16

202. — Vase à large col, en porcelaine crème craquelée.

Satsuma   Haut. 0 m. 20

202 b. — Bol, de forme tubulaire, en poterie de Shino, décoré en émaux bleus d'une haie fleurie.

Haut. 0 m. 13

203. — Petite bouteille à panse quadrilatérale, en poterie brune à glaçure crème, de Karatsu.

Haut. 0 m. 18

203. — Petite figure en poterie représentant Hitomaru accroupi. Kozuke.

204 — Deux boîtes en laque, l'une à décor de personnages, l'autre à décor de mon.

205. — Jardinière formée d'une gourde séchée, rehaussée au laque d'or de motifs fleuris.

Diam. 0 m. 35

205 b. — Cinq petits panneaux en bois sculpté de rinceaux fleuris stylisés.

Fin de la 1ʳᵉ Vacation.

POTERIES CHINOISES

---

206. — Pot, s'évasant, avec col très court, en poterie crème.
Epoque Yuan   Haut. 0 m. 14

207. — Petit pot, s'évasant, vers le col très court. Poterie à couverte céladon craquelée.
Epoque Yuan   Haut. 0 m. 14

208. — Vase, de forme cylindrique, en poterie à couverte céladon craquelée.
Epoque Yuan   Haut. 0 m. 16

209. — Petite bouteille en poterie à couverte crème, à petites craquelures.
Epoque Ming   Haut. 0 m. 12

210. — Petit vase piriforme, en poterie crème craquelée.
Epoque Ming   Haut. 0 m. 15

211. — Vase, de forme tubulaire, à col très court, en poterie bleutée à petites craquelures brunes.
Epoque Ming   Haut. 0 m. 15

212. — Vase, de forme cylindrique, à couverte crème.
Epoque Ming   Haut. 0 m. 18

213. — Petit vase à long col évasé, décoré en haut relief d'une salamandre enroulée. Couverte crème craquelée.
Epoque Ming   Haut. 0 m. 18

214. — Petite potiche, de forme arrondie, en poterie à glaçure crème craquelée.
Epoque Ming   Haut. 0 m. 17

215. — Petit pot à panse arrondie en poterie à couverte crème.
Epoque Ming   Diam. 0 m. 15

216. — Bouteille à panse ovoïde, en poterie très blanche.
Epoque Ming   Haut. 0 m. 28

217. — Bouteille à col élancé, s'évasant, en poterie grise, décorée de cercles concentriques.
Epoque Sung   Haut 0 m. 29

218. — Bouteille à panse arrondie, décorée à l'épaulement de trois zones d'ornements en spirales. Poterie grise à trace de couverte.

Haut. 0 m. 36

219. — Grande bouteille à large panse, le col s'évasant, décorée de zones concentriques et de deux mascarons à tête de chimère, en léger relief. Poterie grise à trace de couverte.

Epoque Han   Haut. 0 m. 40

220. — Vase à panse ovoïde en poterie grise à trace de glaçure verte à reflets métalliques.

Epoque Han   Haut. 0 m 25

221. — Urne à grains, formée d'un corps tubulaire surmonté d'un toit. Poterie à glaçure vert foncé.

Epoque Han   Haut. 0 m. 26

222. — Bol creux à marli droit, à décor de clous, en poterie à glaçure verte argentée.

Epoque Han   Diam. 0 m 20

223. — Brûle-parfums, formé d'une vasque supporté par trois petits pieds. Poterie brune à glaçure verte, avec reflets métalliques.

Epoque Han   Diam. 0 m 20

224. — Sorte de sceau en poterie, couverte brune avec reflets métalliques, surmonté d'une anse fixe et d'une sorte de fleur.

Epoque Han   Haut. 0 m. 30

225. — Chauffoir à saké, à double récipient, en poterie à glaçure verte argentée.

Epoque Han   Diam. 0 m. 27 × 20

226. — Pot, de forme arrondie, en poterie à glaçure verte, décoré autour du col, d'une zone d'animaux en relief.

Epoque Han   Haut. 0 m. 13

227. — Petit pot de forme arrondie, en poterie bleutée à larges craquelures.

Epoque Yuan   Haut. 0 m. 08

228. — Petit vase en poterie, à couverte bleue craquelée.

Epoque Sung   Haut. 0 m. 18

229. — Petit vase en forme de cornet à col largement évasé. Poterie à couverte bleutée à larges craquelures.

Epoque Sung   Haut 0 m. 12

230. — Petit pot de forme arrondie, l'épaulement portant deux mascarons à glaçure verte avec reflets métalliques.

Epoque Sung   Diam 0 m. 12

231. — Petite vasque, le col portant deux anses boucles, en poterie brune à reflets métalliques.

Epoque Sung   Diam. 0 m. 13

232. — Pot de forme arrondie, le col portant deux petites anses; couverte grise.

Epoque Sung   Diam. 0 m. 11

233. — Vase à panse surélevée, en poterie à couverte crème craquelée, décorée en émaux bleutés d'animaux dans des branches.

Epoque Sung — Haut. 0 m. 23

234. — Joli petit vase piriforme, le col portant deux anses boucles, à fine couverte bleue.

Epoque Ming — Haut. 0 m. 08

235. — Brûle-parfums, flanqué de deux anses, en poterie à couverte bleutée flammée rouge.

Style de Sung — Haut. 0 m. 10

236. — Pot, de forme ovoïde, en poterie gris bleuté. Couvercle et socle.

Epoque Sung — Haut. 0 m. 19

237. — Bol à thé, en forme d'une coupe plate, en pâte céladon craquelé.

Epoque Sung — Diam. 0 m. 16

237 b. — Bol à thé en poterie à glaçure flammée.

Epoque Suug — Diam. 0 m. 08

238. — Tuile de chauffage, surmontée d'un oiseau Hoô, en poterie à couverte jaune.

Epoque Ming — Haut. 0 m. 40

239. — Une paire de chimères jouant avec la boule du monde. *Socle fixe* à base quadrilatérale. Poterie à couverte vert et or.

Epoque Ming — Haut. 0 m. 20

240. — Tuile de chauffage, représentant un guerrier à cheval. Poterie trois couleurs.

Epoque Ming — Haut. 0 m. 30

241. — Tuile de chauffage, en poterie à trois couleurs, surmontée d'un personnage à cheval.

Epoque Ming — Haut. 0 m. 43

242. — Tuile de chauffage, en poterie trois couleurs, représentant un personnage à la face noire, sur un cheval lancé au galop.

Epoque Ming — Haut. 0 m. 30

243. — Tuile faîtière, en poterie à émaux verts, ors et bruns, représentant un saint personnage, un rosaire autour du cou, une gourde à la main.

Epoque Ming — Haut. 0 m. 50

244. — Tuile faîtière, trois couleurs, surmontée d'un personnage barbu tenant un sceptre.

Epoque Ming — Haut. 0 m. 50

245. — Statuette de Kwannon assis, les mains ramenées dans le giron. Poterie à émaux verts et or.

Epoque Ming — Haut. 0 m. 22

246. — Coq, en poterie, à couverte brune, noire et rouge.

Haut. 0 m. 35

247. — Brûle-parfums, formé d'une vasque tubulaire, supportée par trois petits pieds et décoré en relief de dragons dans les nuages. Poterie à couverte bleutée.

Epoque Ming — Diam. 0 m. 24

248. — Brûle-parfums, de forme tubulaire, supporté par trois petits pieds, décoré en relief de dragons affrontés poursuivant la perle sacrée. Poterie à couverte brun-rouge.

Epoque Ming   Diam. 0 m. 15

249. — Vasque, flanquée de deux anses, en poterie verte.

Diam. 0 m. 27

250. — Pot couvert, de forme arrondie, à panse cotelée, en poterie à glaçure verte.

Epoque Ming   Diam. 0 m. 24

251. — Vasque Kunyao, formée d'une grande bouteille à col coupé, en poterie à couverte flammée bleue et grise, avec craquelures brunes.

Haut. 0 m. 25

BRONZES SENTOKU

252. — Brûle-parfums, en bronze à patine brune, la panse arrondie, supportée par trois petits pieds, offrant deux anses boucles.

Signé : Ming Suente   Diam. 0 m. 14

253. — Brûle-parfums en bronze, à patine claire taché d'or, formé d'une vasque sur trois petits pieds. Deux anses boucles.

Cachet   Diam. 0 m. 19

254. — Petit brûle-parfums en forme de coupe, en bronze, à patine brune martelée d'or.

Signé : Ming Suente   Diam. 0 m. 11

255. — Petit brûle-parfums, flanqué de deux anses à tête d'éléphants, en bronze à patine brune.

Signé : Ming Suente   Diam. 0 m. 15

256. — Brûle-parfums en bronze, de patine brune, le col flanqué de deux anses boucles.

Signé : Ming Suente   Diam. 0 m. 14

257. — Brûle-parfums en forme de vasque supportée par trois petits pieds. Le col porte deux anses boucles. Bronze à patine brune.

Signe : Ming Suente   Diam. 0 m. 16

258. — Petit brûle-parfums en bronze, à patine très claire, le col portant deux anses détachées.

Cachet   Diam. 0 m. 15

259. — Une paire de petites bouteilles en bronze de patine brune, ciselée en forme de fleurs de lotus.

XVIIIe siècle   Haut. 0 m. 15

260. — Cloche de temple, en bronze à patine chocolat, martelé d'or, l'anneau de suspension formé par deux dragons accolés.

Cadre de suspension en bois sculpté

261. — Vasque en bronze à patine claire, martelée d'or. Le col porte deux anses mascarons.

Signée à la partie inférieure au milieu d'un décor : Ming Suente   Diam. 0 m. 18

EMAUX CLOISONNÉS

262. — Bouteille piriforme en ancien émail cloisonné de la Chine, décorée
sur fond turquoise de rinceaux fleuris stylisés.

Epoque Ming   Haut. 0 m 33

263. — Petite bouteille à col tubulaire, en ancien émail cloisonné de la
Chine, décoré sur fond turquoise de chrysanthèmes stylisés.

Epoque Kienlong   Haut. 0 m 19

264. — Vase à panse hexagonale, en ancien émail cloisonné de la Chine,
décoré sur fond turquoise de rinceaux fleuris et de papillons.

Epoque Kienlong   Haut. 0 m 20

265. — Petit vase (crachoir), en ancien émail cloisonné de la Chine, à décor
de branches de vignes.

Epoque Kienlong   Haut. 0 m 10

266. — Petite vasque tripode, le col portant deux anses boucles, en ancien
émail cloisonné de la Chine, décoré sur fond turquoise de chrysanthèmes stylisés.

Epoque Ming. - Signé : Chinglai.   Diam. 0 m 12

267. — Vase, à panse arrondie et large col, en ancien émail cloisonné de la
Chine, décoré de chrysanthèmes stylisés : deux mascarons à tête
de chimères supportent des anneaux mobiles.

Epoque Kienlong   Haut. 0 m 15

268. — Petit vase, de panse allongée, à décor de volubilis.

Haut. 0 m 15

269. — Petit vase, à panse aplatie, en ancien émail cloisonné de la Chine,
décoré de chrysanthèmes stylisés.

Epoque Kienlong   Haut. 0 m 12

270/11. — Une paire de vases, à panse arrondie et col évasé, décorés sur
fond blanc d'oiseaux et de fleurs. Ancien émail cloisonné de la
Chine.

Haut. 0 m 17

272. — Petit vase, en forme de cornet, décoré sur la panse saillante de têtes
de chimères; au col et au pied, un décor de palmes sur fond turquoise.

Epoque Kienlong   Haut. 0 m 16

273. — Vase à très large panse, en forme de boule, en ancien émail cloisonné de la Chine, décoré sur fond turquoise de nombreux médaillons variés.

Epoque Ming   Diam. 0 m 24

274. — Bouteille piriforme, le col évasé, en ancien émail cloisonné de la
Chine, décorée sur fond turquoise de motifs de nuages.

Epoque Ming   Haut 0 m 38

275. — Dix petites soucoupes en forme de barquette, décorées sur fond turquoise du caractère ki et de rinceaux fleuris stylisés.

Epoque Kienlong

276. — Vase en forme de cornet, la panse saillante décorée de quatre arêtes longitudinales. Décor de chrysanthèmes stylisés en émaux polychromes sur fond turquoise.

Epoque Yungshing — Haut. 0 m. 32

277. — Petit brûle-parfums, en ancien cloisonné chinois, formé d'une vasque arrondie, supportée par trois pieds tubulaires élevés. La pièce est décorée, sur fond turquoise, d'émaux rouges, bleus et or; armoiries et motifs fleuris.

Epoque Ming — Haut. 0 m. 28

278. — Grand plat en forme d'une fleur de lotus en ancien émail cloisonné de la Chine, de tons rougeâtres.

Epoque Kienlong — Diam. 0 m. 65

279. — Socle en ancien émail cloisonné de la Chine, formé de trois têtes d'éléphants accolés, les trompes formant pied.

Epoque Kienlong — Haut. 0 m. 10

280. — Bouteille de forme ovoïde, à panse surélevée, décorée sur fond turquoise de rinceaux fleuris et de chrysanthèmes.

Epoque Yungshing — Haut. 0 m. 29

281. — Plat creux à marli droit, en anciens émaux cloisonnés de la Chine, décoré, sur fond turquoise, de femmes dans un palais.

Diam. 0 m. 35

282. — Brûle-parfums formé d'une vasque ronde supportée par trois petits pieds, à tête de monstres. Couvercle surmonté d'une sphère ajourée en bronze doré. L'épaulement supporte deux anses en forme de salamandres.

Epoque Kienlong — Haut. 0 m. 26

283. — Rosaire composé de cent sept grains d'ambre, veines brun.

PIERRES DURES — PENDENTIFS

284. — Deux pendentifs en cristal jaune, deux chimères jouant, en agate brune veinée blanc; tous deux à garniture de corail ou jade vert émeraude avec petites perles.

285. — Deux pendentifs: l'un en cristal vert, sculpté d'un écureuil sur un melon; l'autre en agate brune, représentant une feuille.

286. — Deux pendentifs : l'un en jade vert, sculpté d'une chimère, garniture corail et petites perles; l'autre en cristal vert, représentant un écureuil sur un melon.

287. — Deux pendentifs : en agate bleu et brune, sculpté de lotus; en cristal vert, sculpté de deux dragons autour d'un fruit.

288. — Deux pendentifs en agate veinée : l'un sculpté d'un papillon posé sur un fruit, l'autre d'une sorte de cloche.

289. — Deux pendentifs en agate brune : l'un représentant une branche fleurie, l'autre trois coquilles.

290. — Deux pendentifs : en cristal bleuté, à décor de bambous; en agate bleu mauve, marbrée noir, uni.

291. — Deux pendentifs en cristal brun : deux chimères jouant; en agate laiteuse marbrée noir, avec garniture de quartz rose et petites perles.

292. — Deux pendentifs : en cristal vert, sculpté d'une gourde et d'une feuille de lotus; l'autre en cristal jaune, représentant deux chimères affrontées.

293. — Deux pendentifs en forme d'un melon enfeuillagé : l'un en améthyste, l'autre en agate brune.

294. — Deux pendentifs : l'un en jade blanc, sculpté de deux anneaux enchevêtrés, pris dans la masse, auxquels pend un petit groupe représentant un enfant sur un bœuf; l'autre en jade vert foncé, sculpté en forme d'un haricot.

295. — Une paire de boucles d'oreilles, formée de deux pendants larmes, en jade vert émeraude, surmontés d'un motif en corail. Monture filigranée avec plumes de martins-pêcheurs et bouton de quartz rose.

296. — Une autre paire de boucles d'oreilles formées également de « larmes » en jade vert émeraude, avec bouton de quartz rose.

297. — Deux bracelets en jade blanc taché vert et en jade vert marbré noir.

298. — Deux bracelets en jade blanc à taches vertes.

299. — Deux pendentifs en malachite à décor fleuri.

300. — Trois pendentifs : en jade vert, bambous, écureuil et vigne, fleur; les deux derniers avec garniture de quartz rose et de perles.

301. — Deux pendentifs : l'un en agate bleutée, fruit enfeuillagé; l'autre en cristal jaune, sculpté de chimères.

302. — Deux pendentifs en améthyste : l'un sculpté d'un écureuil sur un fruit; l'autre d'un melon enfeuillagé.

303. — Petit pendentif en jade vert émeraude, sculpté et ajouré de branches de gourdes enfeuillagées. Garniture quartz rose et petites perles.

304. — Autre pendentif en jade vert et un décor similaire.

305. — Petit pendentif en jade vert émeraude, sculpté d'une mante religieuse posée sur une grenade.

306. — Deux pendentifs en quartz rose, sculptés de lotus et de gourdes enfeuillagées.

307. — Pendentif en jade vert foncé sculpté de chimères jouant dans les rochers.

JADES DE FOUILLE ET DIVERS

309. — Petit lot en jade brun, comprenant un bracelet, trois bagues et un rosaire.

310. — Petite coupe flanquée de deux anses à têtes de chimères, en jade gris.

Diam. 0 m. 10

311. — Petite coupe à pinceaux, formés de deux pêches accolées et enfeuillagées, en jade gris et noir.

Diam. 0 m. 12

312. — Groupe en jade noir, sculpté de deux chimères jouant et se mordillant.

Larg. 0 m. 14

313. — Vase cornet, en forme de losange, les arêtes dentelées, sculpté de palmes et de motifs à taotieh.

Jade gris à marbrures brunes   Haut. 0 m. 19

314. — Porte-pinceaux, formé d'un vase sculpté en haut relief de branches de cerisiers et de salamandres.

Jade brun   Haut. 0 m. 12

315. — Vase porte-bouquets, en jade gris-vert, sculpté en forme de main de bouddha.

Haut. 0 m. 18

316. — Coupe creuse, en jade brun, flanquée de deux anses à têtes de dragons, et sculpté sur la panse de rinceaux fleuris stylisés.

Diam. 0 m. 13

317. — Groupe en ancien jade gris, représentant une carpe debout sur les flots.

Haut. 0 m. 20

318. — Groupe en jade, représentant un animal accroupi, mâchonnant une tige fleurie.

Long. 0 m. 16

319. — Vase en ancien jade brun, en forme de cornet taillé en losange et sculpté sur les quatre faces de palmes et motifs à taotieh.

Haut. 0 m. 26

320. — Bloc en jade verdâtre, formé d'une base quadrilatérale en forme de cachet, surmonté d'une chimère.

Larg. 0 m. 13

321. — Gros cachet carré en cristal de roche, surmonté d'une chimère jouant avec son petit.

Haut. 0 m. 15

322. — Deux cachets, formés d'une base cubique surmontée d'une chimère sculptée, en cristal de roche.

Haut. 0 m. 13

323. — Joli vase en cristal de roche, sculpté en forme d'un vase sur lequel
courent de nombreuses salamandres. Le col porte deux mascarons à anneaux mobiles. Couvercle sculpté surmonté d'une chimère.

Haut. 0 m. 20

324. — Petit brûle-parfums en cristal de roche, formé d'une vasque tripode,
gravée de motifs à taotieh. L'épaulement porte deux anses en
tête de taotieh, avec anneaux mobiles. Couvercle gravé, surmonté
d'une fleur.

Diam. 0 m. 12

325. — Joli vase en quartz rose, de forme aplatie, sculpté sur les deux grandes
faces de branches de pruniers en fleurs.
Les deux anses à têtes d'éléphants supportent des anneaux mobiles.
Couvercle surmonté d'un bouton.

Haut. 0 m. 18

326. — Petit vase en agate rouge, sculpté sur la panse de deux dragons
affrontés : le col porte deux mascarons à têtes chimériques tenant
dans la gueule deux anneaux mobiles.
Socle même matière.

Haut. 0 m. 10

327. — Jolie statuette de Kwannon, en agate blanche très pure.

Haut. 0 m. 25

328. — Joli bol à riz en jade blanc, sans défaut.

Diam. 0 m. 09

329. — Brûle-parfums, formé d'une vasque supportée par trois petits pieds.
Les deux anses, ajourées, sculptées en forme de champignons,
supportent des anneaux mobiles. Le couvercle est orné d'un bouton
rapporté, finement ajouré de salamandres.

Très jolie pièce en jade blanc très pur.   Diam. 0 m. 19

330. — Porte-pinceaux en forme d'un tube en jade blanc, supporté par
quatre petits pieds.

Haut. 0 m. 12

331. — Petite bonbonnière en jade blanc, décorée sur le couvercle d'une sorte
de rosace en application de jade vert émeraude et de quartz rose.
Pièce généralement exécutée pour l'importation perse.

Diam. 0 m. 07

332. — Porte-bouquets en agate bleuté, sculpté d'un rocher près duquel est
planté un prunier en fleurs.

Haut. 0 m. 12

333. — Joli presse-papiers en agate brune, finement sculpté, en forme d'une
main de Bouddha.

Diam. 0 m. 11

334. — Presse-papiers en agate bleue, sculpté en forme d'un citron dégité,
dit « **Main de Bouddha** ».

Diam. 0 m. 10

335. — Vase en agate brune, orné en relief d'arbres fleuris, sculptés dans une veine opaque jaune.

Haut. 0 m. 09

336. — Petite coupe en jade opalisée, décorée de deux anses détachées à têtes de dragons.

Diam. 0 m. 10

337. — Petite coupe pour le lavage des pinceaux, en agate brune, sculptée d'une feuille de lotus et d'un cyprin.

Diam. 0 m. 14

338. — Coupe pour le lavage des pinceaux, en agate brune, sculptée d'un Kaki sur lequel est posé un insecte.

Diam. 0 m. 11

3.9. — Très beau porte-pinceaux en agate brune veinée blanc, sculpté de pins et de rochers, exécutés dans des veines mauves.

Haut. 0m. 08

340. — Pendentif en jade vert émeraude, ovalisé, sculpté de feuilles et de fleurs de lotus. Monture quartz rose et petites perles.

341. — Pendentif en quartz rosé sculpté d'écureuils dans la vigne; garniture jade vert et petites perles.

342. — Pendentif en quartz rose, sculpté en forme d'une gourde. Garniture jade vert émeraude et petites perles.

343. — Pendentif en jade vert émeraude, sculpté et ajouré comme une dentelle, de bambous, de pruniers et d'oiseaux Hôo.

344. — Pendentif en jade vert émeraude, sculpté de champignons ling-tchi et de chauves-souris. Garniture quartz rose et petites perles.

345. — Pendentif représentant des fleurs sur lesquelles vient se poser un papillon : jade vert émeraude très finement sculpté.

346. — Pendentif en jade vert émeraude, joliment sculpté et ajouré d'un motif de feuilles de lotus.

347. — Pendentif en jade vert émeraude, de forme irrégulière, sculpté et ajouré de melons enfeuillagés.

348. — Pendentif en quartz rose, sculpté de fruits enfeuillagés. Garniture de jade vert avec petites perles.

349. — Pendentif en jade vert émeraude, sculpté et ajouré de haricots enfeuillagés. Monture quartz rose et petites perles.

350. — Pendentif en jade vert émeraude, sculpté d'une gourde sur laquelle est posée une chauve-souris. Monture corail et perles fines.

351. — Pendentif de forme rectangulaire, ajouré, sculpté d'un motif de gourdes enfeuillagées. Monture en quartz rose avec petites perles. Jade vert émeraude.

352. — Pendentif de forme rectangulaire, sculpté et ajouré de dragons encadrant le centre resté uni, à cause de la beauté de la matière. Monture quartz rose et petites perles. Très beau jade vert émeraude.

353. — Pendentif en jade vert émeraude, sculpté de pêches sur lesquelles sont
posées des chauves-souris.

354. — Pendentif en améthyste, décoré de dragons jouant. Garniture jade vert
et petites perles.

355. — Pendentif, de forme rectangulaire, en jade vert émeraude, sculpté
et ajouré d'oiseaux Hôo, dans les bambous. Garniture corail et
pierre fine.

POTERIES CHINOISES

356. — Pot de forme arrondie en poterie claire, à couverte vert concombre.
Epoque Ming   Diam. 0 m. 21

357. — Potiche couverte, en poterie à glaçure turquoise.
Epoque Ming   Haut. 0 m. 27

358. — Pot, de forme arrondie, gravé sous couverte verte, de branches de
pivoines stylisées.
Epoque Ming   Diam. 0 m. 19

359. — Pot, à panse arrondie, en poterie brune à glaçure aubergine.
Epoque Ming   Diam. 0 m. 16

360. — Petit vase, à panse arrondie, en poterie brune à couverte aubergine.
Epoque Ming   Haut. 0 m. 18

361. — Pot, de forme quadrilatérale, en poterie à couverte vert concombre,
décoré de grecques et d'ornements stylisés.
Epoque Ming   Diam. 0 m. 18

362. — Pot couvert, la panse arrondie, décoré en relief d'ornements et de
grecques. Couverte turquoise.
Epoque Ming   Diam. 0 m. 20

363. — Petite potiche couverte, en poterie brune à couverte aubergine.
Epoque Ming   Diam. 0 m. 19

364. — Pot, à panse arrondie et cotelée, à couverte turquoise.
Epoque Ming   Diam 0 m. 25

365. — Pot couvert, en poterie émaillée vert; la panse arrondie est gravée
sous couverte de scènes à personnages.
Epoque Ming   Haut. 0 m. 20

366. — Pot couvert, de forme arrondie, en poterie à glaçure vert concombre.
Socle même matière.
Epoque Ming   Haut. 0 m. 27

367. — Pot couvert, la panse en forme de boule, à couverte bleu vert.
Epoque Ming   Diam. 0 m. 16

368. — Bol évasé, à couverte verte, portant une zone brune, sur laquelle se
détache un motif fleuri.
Epoque Ming   Diam. 0 m. 19

369. — Petit pot de forme arrondie à glaçure verte.

        Epoque Ming   Diam. 0 m 13

370. — Vase, de forme ovoïde, en poterie à jolie glaçure verte. Le col, très ouvert, porte deux anses figurées par des têtes d'éléphants.

        Epoque Ming   Haut. 0 m. 36

IVOIRES CHINOIS

371. — Figure en ivoire, représentant Juro-Djin, le dieu de la longévité, tenant à la main une branche de pêcher Fantao.

        Epoque Ming   Haut. 0 m. 28

372. — Autre figure en ivoire, représentant Juro-Djin, un écran à la main.

        Epoque Ming   Haut. 0 m. 29

373. — Jolie figure en ivoire, à patine brune représentant un enfant debout, les mains dissimulées sous un ample manteau.

        Epoque Ming   Haut. 0 m. 29

374. — Figure en ivoire représentant le Sennin Bunyosaï, debout, s'appuyant sur un bâton.

        Epoque Ming   Haut. 0 m. 25

375. — Figure en ivoire à patine rougeâtre, représentant Li-Ti-Kuai, le dieu des mendiants, dansant, le cou entouré d'un collier de sapeques.

        Epoque Ming   Haut. 0 m. 20

376. — Porte-pinceaux tubulaire en ivoire, gravé d'un paysage chinois.

        Epoque Ming   Haut. 0 m. 11

377. — Petit groupe en ivoire, représentant des Sennins au milieu des rochers.

        Epoque Ming   Haut. 0 m. 08

378. — Porte-pinceaux en ivoire, de forme tubulaire, gravé de motifs fleuris et d'une poésie.

        Haut. 0 m. 10

379. — Porte-pinceaux en ivoire, à patine brune, gravé du génie de la longévité, accompagné d'un serviteur portant deux pêches Fantao, se promenant au milieu des rochers.

        Haut. 0 m 08

VERRES CHINOIS

380. — Bouteille à col tubulaire très allongé, en verre opaque bleu turquoise.

        Epoque Kienlong   Haut. 0 m. 26

381. — Bouteille à col allongé, en verre opaque vert pastel.

        Epoque Kienlong   Haut. 0 m .25

382. — Grande bouteille en verre opaque bleu vert.

        Epoque Kienlong   Haut. 0 m. 28

383. — Vase tubulaire en verre taillé, à décor fleuri rouge sur fond jaune.
Époque Kienlong   Haut. 0 m. 13

384. — Bouteille à col tubulaire allongé, en verre taillé, rouge sur fond jaune, à décor de pêches de longévité.
Haut. 0 m. 16

385. — Petite boîte plate et ronde en verre bleu.
Époque Kienlong   Diam. 0 m. 08

386. — Petite bouteille à col allongé, en verre rouge et jaune, à décor de temple et de paysages montagneux.
Époque Kienlong   Haut. 0 m. 12

387. — Bouteille à col tubulaire allongé, en verre opaque bleu turquoise.
Époque Kienlong   Haut. 0 m. 20

388. — Cinq bols en verre blanc imitant le jade.
Diam. 0 m. 08

PIERRES DE LARD

389. — Figure en pierre de lard noire, représentant un personnage debout, des sapèques à la main.
Haut. 0 m. 30

390. — Petite figure en pierre de lard, imitant le jade, représentant un guerrier assis.
Haut. 0 m. 13

391. — Jolie statuette représentant une Kwannon, assise sur un rocher.
Pierre de lard imitant le jade   Haut. 0 m. 25

392. — Chimère jouant avec la boule du monde : sur son dos est grimpé son petit.
Diam. 0 m. 20

393. — Groupe en jolie pierre de lard imitant le jade, sculpté de la Kwannin avec l'enfant, assis sur un rocher au bord des flots.
Haut. 0 m. 16

394. — Groupe en pierre de lard, sculpté d'un jeune homme assis sur un rocher près d'un pot de chrysanthème en fleurs.
Haut. 0 m. 18

395. — Groupe formant cachet, représentant un Sennin, accroupi sur un rocher, regardant une gourde. Jolie pierre de lard imitant le marbre.
Haut. 0 m. 10

396. — Joli groupe en pierre de lard noire, sculpté de Toba, assis sur le dos d'un bœuf que conduit un enfant.
Haut. 0 m. 12

397. — Groupe en pierre de lard, représentant un enfant assis sur un rocher et tenant une flûte.
Haut. 0 m. 17

POTERIES CHINOISES MING

398. — Vase en forme de bouteille à large col, en pâte crème à petites craquelures.

        Epoque Ming   Haut. 0 m. 29

399. — Bouteille à long col, terminé par un bulbe, autour duquel s'enroule un dragon. Pâte blanche craquelée.

        Epoque Ming   Haut. 0 m. 30

400. — Vase à panse quadrilatérale surbaissée, le col allongé portant deux anses ajourées. Poterie à couverte crème craquelée.

        Epoque Ming   Haut. 0 m. 25

401. — Vase de forme tubulaire, en pâte crème, finement craquelée, portant en relief deux anses mascarons à tête de chimère.

        Epoque Ming   Haut. 0 m. 30

402. — Brûle-parfums de forme tubulaire, en poterie crème craquelée, à décor de zones en léger relief.

        Epoque Ming   Diam. 0 m. 10

403. — Brûle-parfums, de forme similaire au précédent, la zone centrale portant un décor d'animaux en relief.

        Epoque Ming   Diam. 0 m. 12

404. — Brûle-parfums en forme de coupe tripode, en pâte crème craquelée.

        Epoque Ming   Diam. 0 m. 17

405. — Brûle-parfums en forme d'une coupe creuse tripode, en poterie à couverte crème, à petites craquelures.

        Epoque Ming   Diam. 0 m. 16

406. — Vase en forme de bouteille, le col lobé en forme d'un calice de nénuphar.

    L'épaulement porte deux mascarons à face de chimère, portant des anneaux dans la gueule.

        Poterie crème craquelée Epoque Ming   Haut. 0 m. 30

407. — Vase piriforme en pâte crème craquelée.

        Epoque Ming   Haut. 0 m. 25

408. — Vase en forme de gargoulette, à corps et col lobés, en forme d'une fleur. Pâte crème craquelée.

        Epoque Ming   Haut. 0 m. 37

409. — Numéros omis.

Fin de la 2ᵐᵉ Vacation.

RED. :

22

MIRE ISO N° 1
NF Z 43-007
AFNOR
Cedex 7 92080 PARIS LA DÉFENSE

graphicom

0 1 2 3 4 5 6 7 8 9 10

BIBLIOTHEQUE NATIONALE DE FRANCE

****

CHATEAU DE SABLE

1996